エッセイ集：日本文学が教えてくれたこと

Essays on Japanese Literature
and
My Private Life

伊藤 和光
Kazumitsu Ito

エッセイ集：日本文学が教えてくれたこと

Essays on Japanese Literature
and
My Private Life

伊藤　和光

はしがき

この本は、エッセイ集である。

すなわち、日本文学、および、個人的な経験に関するエッセイを、9篇収録した。

本の原稿は、実は、以前から用意してあった。

今回、今までの歩みを振り返り、総括する意味合いも込めて、このような原稿を出版するに至った次第である。

目　次

はしがき ————————————————— 3

1　家族的な無意識とは ———————————— 5

2　京都で過ごした7年間 —————————— 13

3　麻酔科医の思い出 ————————————— 19

4　文章作成心理学の試み ——————————— 23

5　日本の国歌『君が代』が、ヘブライ語として
　　聞いても意味が通じることについて ——— 35

6　源氏物語における「生きる希望」と「出家へ
　　の希求」————————————————— 45

7　日本で世界的に認められることをするに
　　は…… ————————————————— 55

8　欧米人に劣等コンプレックスを抱いている日
　　本人の気質 ——————————————— 69

9　数学者・岡潔博士の思い出 ———————— 73

1 家族的な無意識とは

1 家族的な無意識とは

（1）

　私事で恐縮だが、筆者の義理の祖父にあたる人物は、大阪商人であり、在野で活躍したラジオの発明家だった。

　基盤のプレートに部品を差し込み、故障したら部品の一部だけ交換する方式のラジオを、世界で初めて開発したと伝えられている。

　東京渋谷にあるＮＨＫの博物館にも、彼のラジオが展示されていたらしい。

　祖父は大阪商人だったが仕事はそっちのけで、私費で香港まで行き、ラジオの部品を探したりしていた。

　また、京都大学・電気工学の研究室にも出入りしており、そこで若き日の松下幸之助氏とも知り合いになったそうである。

　ちなみに、松下幸之助氏は、パナソニックホールディングスを一代で築き上げた「経営の

1 家族的な無意識とは

神様」、発明家、著述家として、世界的に有名
な人物である。

　ある日、祖父の開発したラジオが陸軍省の軍
需品に採用され、滋賀県に工場ができた。そこ
に昭和天皇の弟・高松宮宣仁親王が視察に訪れ
たのがきっかけとなり、殿下と懇意にしていた
だくようになった。
　その後、東京の皇居にも、祖父は頻繁に出入
りするようになったという。
　ちなみに、皇居の検問所を入る際には、身分
証を提示しなくても、顔を見せるだけで通して
くれたとの逸話も残っている。
　私心のない祖父に対して、高松宮殿下は信頼
を寄せてくださっていたらしい。

　そんな中、政府・軍部の情報統制が厳しくなっ
ていた時期に、戦後になって日本社会党を作る
ことになるリベラルの政治家・数名を、そのよ
うに懇意にしてくださっていた、昭和天皇の弟・

高松宮宣仁親王に紹介したりもした。

　すなわち、側近からの制限された情報ばかりではなく、ありのままの情勢を高松宮殿下は知りたいと願い、忌憚なく話せる友人である祖父に、幅広い人々との対面を依頼したそうである。

　このような事実は、後年になり、『週刊朝日』誌上で、記事になった。

「昭和政治史に残る謎の発明家」といった内容の、掲載だったと思う。

　この記事のコピーは、筆者も昔、読んだ記憶がある。

　戦後になり、晩年の祖父は、不遇な日々を送ったという。最期は、静養していた熱海の旅館で亡くなっている。

　生前、同志社大学で憲法学を講じており、土井たか子元衆議院議長の師としても知られている田畑忍学長から、政治家になることを祖父は強く何回も勧められた。

1 家族的な無意識とは

　しかしながら、祖父はずっと固辞して、政治家になることは結局なかった。

　晩年の、亡くなる少し前に熱海で撮影した写真が、筆者の自宅にもある。極めて穏やかな、優しいお祖父さんだったと伝えられている。

　なお、家族の系譜を調べると、家族的な無意識という傾向性が、一般にあるそうである。結婚する相手の家族とも、そのような傾向を共有するという。

　したがって、祖父の世代からの傾向性を筆者も引き継いで、現在に至っているのかもしれない。

　そのように考えたならば、自分の過去世は、祖父の傾向性とも現世における自分とも良く似ていて、「全体主義になじめなかった作家」だったのかもしれないとも思う。

（2）

　谷崎潤一郎という作家も、自分の祖父と同じく、日本の戦前・戦中・戦後を生き抜いた世代である。彼の特徴は、一貫して、自己の主義主張を貫き通した点にあると思う。すなわち、社会が激変しても、彼の作風は全くぶれることなく、一貫している。それは、まさに驚くべきことである。

　谷崎潤一郎は、まさに「全体主義になじめなかった作家」である。

　戦中にも彼は、耽美的な小説を書いては当局から発行禁止処分をくらっていた。それに対して、あえて反対運動といった政治的な活動をすることもなかった。

　戦後になって、ようやく彼は社会的に認められた。
　老後は、毎日ハイヤーを雇って夫婦で公園に

行き、少し散歩したりベンチに腰かけて休んだりして、優雅な晩年の生活を送ることができたという。

　彼は、ノーベル文学賞の候補者にもなっていた。

（3）
　谷崎潤一郎という作家は、大変興味深い。
　以上に述べた点については、また、別の論考において詳述したいと思う。

2 京都で過ごした7年間

2 京都で過ごした7年間

（1）
　医学部へ入学する前に、自分は、同志社大学神学部を卒業している。

　やはり同志社大学神学部の卒業生であり、元外務省分析官・作家の佐藤優先生とは、実は、在学期間が重なっている。
　佐藤先輩は、当時から、秀才で有名だった。

　こんなエピソードがある。
　大学の図書館で筆者は、廣松渉先生が編集された、ドイチェイデオロギーという、全体がドイツ語の本を借りて読んだことがある。
　昔は本に貸し出しカードが付いており、日付と氏名を記入して、本を借りていた。筆者がドイチェイデオロギーを借りた時には、すでに佐藤先生が何回もそのドイツ語の本を借りた痕跡が残っていた。筆者も、数回借りて読んだよう

2 京都で過ごした7年間

に思う。

その後、また佐藤先生はその本を借りたらしく、神学部の友人に「神学部の伊藤君は、見込みがある。ドイチェイデオロギーを何回も、図書館から借りて読んでいる」と、語っていたそうである。

自分は、点字翻訳のサークルを主宰していた先輩から、その話を又聞きしただけなので、真偽のほどは確かではない。

——そのようなエピソードも、同志社大学に佐藤優先生が在学しておられた際のものとして、残されている。

ちなみに、自分は「青春時代」を同志社大学で過ごしたため、今でも、「同志社出身」という気持ちが強い。

そのため、メイプル超合金のボケ担当であり、同志社大学出身のカズレーザーさんをテレビで見かけても、何かしら「親近感」のような気持ちを感じたりもする。

15

（2）
　なお、筆者は、実兄から、読書量が多いと言われることがある。

　確かに若い頃は、様々な本を読んで、その中から題材を選んで、読書感想文を書いたりしていた。

　しかしながら、ある時期からは、題材に関して「取材」をして、その参考文献をアマゾンなどでまとめて購入するように、やり方が変化している。

　すなわち、「読書」から「取材」へと、本の扱い方が大分変わった。

　そのようにして読んだ本の中で、こころに残ったものは、後になって時々読み返したりもする。

　そういう意味で、自分の場合は、いわゆる読書量はあまり多いとは言えないと思う。

2 京都で過ごした7年間

　先に述べた佐藤優先生と故・立花隆氏との対談を以前に雑誌で読んだことがあり、お二人とも極めてたくさん本を読み、また蔵書が非常に多いことを知り驚いた。自分は、お二人の先生方とは対照的であると思う。

（3）
　筆者は、静岡県浜松市に生まれ育ち、大学生から麻酔科助手までは京都・東京近郊に住んでいたが、眼科医になってから現在まで、ずっと浜松市在住である。
　ちなみに、いわゆる「袴田事件」の袴田さん姉弟とはご近所であり、たまたまお姉さんと同じバスに乗り合わせたことも何回かある。今回、袴田さんの無罪が確定して、本当に良かったと家族でも話しているところである。

　話を戻すと、若い頃の7年間を、そのように筆者は京都で過ごしていた。
　すなわち、同志社大学の学生として4年間、

さらに、同志社大学職員として3年間、京都で暮らした。

　この7年間は、非常にたくさん、本を読んだように思う。

　それ以外には、実は、あまり記憶が確かではない。

　よく分からないが、何か不思議な感じがしている。

3 麻酔科医の思い出

3 麻酔科医の思い出

2025年以降は、「こころのつながり」が大切になる時代であると、よく耳にする。

筆者はかつて、麻酔科医をしていた時期がある。

ある大学病院で、小児患者の保護者が手術の前に、「輸血はしないでほしい。もし輸血をしたら、裁判で訴える」と、言っていた。

それに対して、麻酔科の教授は、「自分は医師である。患者に生命の危険がある場合には、いのちを救うために、輸血をする。それで、訴えられてもいい。自分の責任で、輸血する」

──そのように、固い決意を持って、カンファレンスで発言していた。

その教授は、大変人望のある先生であり、若い医師からも非常に尊敬され、慕われていた。

3 麻酔科医の思い出

　このような昔の想い出話をするのは、年をとったせいかもしれない。

　しかしながら、多忙でふらふらになりながらも、メンバーが一致団結して診療にあたっていた、当時の大学病院の雰囲気を伝えたくて、エピソードを記した次第である。

4 文章作成心理学の試み

4 文章作成心理学の試み

　いわゆる「文章心理学」は、文章を「読む」側から見た心理学である。それとは反対に、文章を「書く」心理学に関しても、筆者は大変興味がある。

　その場合、母国語（日本語）で書くケースと、外国語（英語）で文章をまとめる場合では、筆者は、全く異なる書き方をしている。さらに言えば、第二・第三外国語（フランス語・ドイツ語）による文章の書き方は、それらともまた違う全く別のやり方である。

　そういった自分自身の個人的な経験もふまえて、『文章作成心理学』の試みという小論を、まとめてみた。

1 母国語による文章作成

1―1 連想による単語の連結
＜具体例１＞

「そこにおいて、恥や世間体といった日本人的な「社会規範」も、もはや意味をなさない。

　では、かろうじて残っているものは、何か？

　人を突き動かす本能とは別の何かが、やはり我々にはあるのではないか？

　それは、日本人の深層心理に脈々と流れ続けている「通時的」なものなのではないか？」（『日本文学の統計データ分析』40頁）

　最も一般的な文章の書き方。連想心理学における、言葉の連想により、文章を書くやり方である。小林秀雄は、「言葉が言葉を引っ張ってくる。文士（作家）はみんな、このような書き方をしている」と、述べている。筆者の場合にも、著書の大部分は、このような書き方をしている。

1－2　インスピレーション
＜具体例２＞
「結論を先取りして言えば、それは「かすかな

希望への餓え・叫び・切望」ではないかと筆者
は考えている。

　人は、希望なしでは生きていけない。絶望の
どん底においても、人はかすかな希望を渇望し
ている。

　そこにおいて、ある人は「恩人・親友」に出
会う。また、ある人は「生きがいとなる事や物」
に出会う。さらに、ある人は「宗教」に出会う。
『蛇にピアス』におけるルイにとっては、それ
が「身体改造」であったのではないか。」

　（『日本文学の統計データ分析』40頁）

　筆者の場合、著書の骨子となる重要な部分は、
文章がインスピレーションにより、頭に浮かぶ。
それを、急いで、書き記している。

　いわゆる「スピリチュアル系」の人は、「自
動書記」という言葉をよく使うが、「手が勝手
に動いて文章を書いた」といったことではなく、
「文章が頭に自然と浮かんできたのを急いでペ
ンで紙に書いた」といったことではないかと、

4 文章作成心理学の試み

筆者は考えている。それなら、自分も、よく経験する。

1－3 言語の操作による論理の展開
＜具体例 3＞
「ここでは、ロジックを確認しておく。

これまでの研究で、字数の関係で詳述は出来ないが、以下の点が分かっている。

①『曠野』は、『冬の日』と異なる。

②『ひさご』は、『冬の日』と似ている。

③『炭俵』は、『猿蓑』と異なる。

ここで、

④『曠野』は『猿蓑』と似ていることを、一種の補助線として挿入する（これは図表から明らかである）。

すると、

『曠野』は『猿蓑』と似ていることから、『猿蓑』は『曠野』と似ている

『曠野』と『冬の日』は異なることから、『猿蓑』は『冬の日』と異なる

『ひさご』は『冬の日』と似ていることから、『猿蓑』は『ひさご』と異なる

『炭俵』は『猿蓑』と異なることから、『猿蓑』は『炭俵』と異なる

となる。

　以上をまとめると、全体の構造は……」

（『日本文学の統計データ分析』196 ‒ 197 頁）

　そろばんの玉を動かしていると、計算ができてしまうのと同様に、文章をロジカルに書いているうちに、論理が展開される書き方である。数学的な証明には、よく使う。

１―４　無意識的なイメージの具現化

＜具体例 4 ＞

「彼は、書くことにより気持ちを落ち着かせ、また書いては、さらに気持ちを落ち着かせていき、何とか、最愛の妹の死という精神の危機を乗り越えていった。

　書くたびに、涙が溢れ、その時、法華経は生

4 文章作成心理学の試み

の救済をもたらす真実の姿を、彼の前にありありと現していた。

　もはや、疑う余地はない。それは誠の教えであり、人生を委ねる価値のある生きた実体に思われた。」

（『評論集：宮沢賢治と遠藤周作』17 頁）

　無意識的に何か、もやもやとしたイメージがあり、それを文章の形で、言語文化へ分節化させる書き方。文化による差異が、最も出やすいやり方でもあると、考えられる。

1―5 引用した内容のモディフィケーション
＜具体例 5 ＞

「小説『沈黙』という作品のあらすじを、ここで Wikipedia から引用する。

　島原の乱（1637 年 12 月 11 日から 1638 年 4 月 12 日まで、島原・天草地域で引き起こされた、百姓を主体とする大規模な武力闘争事件）が収束して間もないころのことである。

イエズス会の司祭で高名な神学者であるクリス
トヴァン・フェレイラが、布教に赴いた日本で
の苛酷な弾圧に屈して、棄教したという報せが
ローマにもたらされた。」
（『評論集：宮沢賢治と遠藤周作』65－66頁）

　著書をまとめる上では、引用という行為は欠
かせない。その際、文章を少し部分的に改変す
ることもある。従来は書物の引用が主であった
が、ＡＩも積極的に活用すべきであると、筆者
は考えている。

2　外国語による文章作成

2－1　調べたり暗記した短文のモディフィ
ケーション
＜具体例6＞
　6－2－9いづくへか後は沙汰なき甥坊主
里圃

Izuku-eka, ato-wa sata naki, oi bouzu.　By

Riho

Don't hit me over the head so many times.

（『日本文学の統計データ分析』188 頁）

　英語を話せる人の特徴として、駿台予備校英語科の有名な先生は、「人生のある時期に大量の英文を暗記することを必ずしている」と、言っていた。すなわち、暗記した英文を部分的に改変することで、英語を流暢に話せるようになるという。外国語の上級者は、このような書き方をしているものと考えられる。

3 第二・第三外国語による文章作成

3―1 単語の連結による短文作成
＜具体例 7 ＞
日本語原文:彼はよく彼女と一緒に映画に行く。
フランス語訳：Il va souvant au cinéma avec elle.
（筆者による書きおろし）

ここにおいては、

彼（Il）　よく（souvant）　彼女（elle）　一緒に（avec）

映画に（au cinéma）　行く（aller → va）

という具合に、単語の連結が行われて、フランス語の短文を形成している。

すなわち、外国語の初級段階では、逐語訳により、確実に文章を書くことが重要である。学校での初期教育においても、この点が重要視されるべきである。

おわりに

以上、人間心理のプロセスとして、書くという行為を考察してみた。

すなわち、文章を作成する際の心理的な過程を再現するよう努力した。

しかしながら、一つだけ、どうしても説明で

4 文章作成心理学の試み

きないことがある。

　それは、「インスピレーション」という現象である。

　ちなみに、英語のインスピレーションという単語は、人間の中に神様の息という風を吹き入れる、ということが語源となっている。

　哲学者のルートヴィッヒ・ヴィトゲンシュタインは、次のように述べている。

　およそ語られうることは明晰に語られうる。
　そして、論じえないことについては、ひとは沈黙せねばならない。

「インスピレーション」という現象に関しては、そのように考えるのが、一番「合理的」な考え方であると、筆者には思われる。

5 日本の国歌『君が代』が、ヘブライ語として聞いても意味が通じることについて

5 日本の国歌『君が代』が、ヘブライ語として聞いても意味が通じることについて

（1）
　大学生の頃に筆者は、英語、ドイツ語、フランス語、ギリシャ語、ヘブライ語を勉強した。
　特に、旧約聖書が書かれているヘブライ語の授業では、
「日本の国歌『君が代』の歌詞は、ヘブライ語として読んでも意味が通じる」
ということを学んだ。

　以下に、詳しく説明する。

　君が代は
　クム　バ　ヤハウェ
　（神よ　立ち上がり来たれ）

　千代に八千代に

5 日本の国歌『君が代』が、ヘブライ語として 聞いても意味が通じることについて

チヨニ　ヤチヨニ
（シオンの民よ　神の選民よ）

さざれ石の
ササレ　イシノ
（喜べ　残された民よ）

巌となりて
イワオト　ナリテ
（神の印は成就した）

苔のむすまで
コケノ　ムスマデ
（全地に語れ）

　一見して明らかなように、最初の呼びかけの
言葉を除けば、ほぼ発音も一致している。
　すなわち、君が世は＝クム　バ　ヤハウェ
の箇所だけみると、発音の一致は単なる「こじ
つけ」のようにも、考えられる。

しかしながら、その後の歌詞は、発音も類似している。
　そして何より、ヘブライ語として読んだ際の意味が、ある意味、国歌の歌詞として理解しても、ふさわしい内容であると考えられる。

　これは、単なる偶然の一致とは考えにくい。
　すなわち、古代に語学の天才がいて、その人物は日本語にもヘブライ語にも長けていた。そして、日本語として読んでも、ヘブライ語として理解しても、国歌にふさわしいような歌詞を創作した。
　──このように考えるのが、最も合理的であると思われる。

　ちなみに、日本語とヘブライ語には、発音も意味も、同時に類似した単語が見られる。
　具体例をあげる。
　侍
　シャムライ

5 日本の国歌『君が代』が、ヘブライ語として
聞いても意味が通じることについて

（守る人）

などが、代表例である。

以下のような例もみられる。

＜動詞＞　ヘブライ語

歩く　ハラク　（歩く）

書く　カク　（書く）

取る　トル　（取る）

＜宗教用語＞

宮　ミヤ　（神様のいる場所）

禰宜　ネギット　（長、司）

＜掛け声＞

やっほー　ヤッホー　（神様）

よいしょ　ヨイショ　（神が助けてくださる）

はっけよい　ハッケヨイ　（撃て、やっつけ
ろ）

　先に出版した著書において筆者は、近代・現
代日本文学の作品から、こころに響く詩歌を
15篇を取り上げて、詳しく論述した。

しかしながら、日本の国歌『君が代』の歌詞に代表されるような、日本の伝統文化に関しても、興味深い作品が多い。

　特に、『古今和歌集』『俳諧七部集』をはじめとする、和歌・俳諧は、日本の詩歌の歴史における文化遺産と呼べるものである。

　それらについては、また改めて、詳しい著作を出版したいと、筆者は現在考えている。

（2）
　ここで日本の国歌に関する記述を、Wikipediaから引用する。

　日本の国歌「君が代」は、10世紀初頭の勅撰和歌集、『古今和歌集』にある「読人知らず」の和歌を初出としている。世界における国歌の中では、作詞者が最も古いと一般的に言われている。

　当初は、「祝福を受ける人の寿命」を歌ったものであった。それが、転じて、「天皇の治世」

5 日本の国歌『君が代』が、ヘブライ語として
聞いても意味が通じることについて

を奉祝する歌となった。

1880年（明治13年）に、宮内省雅楽課が改めて旋律を付け直し、それをドイツ人の音楽教師フランツ・エッケルトが西洋和声により編曲した。

これが、1893年（明治26年）の文部省文部大臣・井上毅の告示以降、儀式に使用され、1930年（昭和5年）には、国歌として定着した。

1999年（平成11年）に、「国旗及び国歌に関する法律」で、正式に日本の国歌として、法制化した。

以上が、日本の国歌に関する歴史の概略である。

すなわち、日本の国歌「君が代」は、10世紀初頭の勅撰和歌集である『古今和歌集』にある「読人知らず」の和歌を初出としている。

しかしながら、これはおそらく古くから、「口

頭伝承」として、伝えられてきた歌であると推測される。

したがって、古代に語学の大天才がいて、その人物は日本語にもヘブライ語にも長けていた。そして、日本語として読んでも、ヘブライ語として聞いても、意味の通じる歌を創作した。

それが、近代になって、日本の国歌「君が代」として採用された。
　　──このように考えるのが、最も合理的な考え方であると思われる。
　古代の日本人と、ヘブライ語を話す民族は、何らかのつながりがあったと推測される。

日本に生まれ育った日本人として、また大学院で日本文学を専攻した者として、さらには大学の神学部で旧約聖書の書かれているヘブライ語を正式に学んだ者として、以上の事実は著書に記しておきたかった。

5 日本の国歌『君が代』が、ヘブライ語として 聞いても意味が通じることについて

（3）

　ノーベル文学賞を受賞した、20世紀を代表する知識人である、フランスの哲学者アンリ・ベルクソンは、固定観念に捉われずに、常に開いた心でいることの重要性を、著書の中で述べている。

　日本の国歌『君が代』が、ヘブライ語として聞いても意味が通じることは、一見、「荒唐無稽」のように聞こえる。

　しかしながら、通説に捉われずに、そのような意見からより開かれた可能性を考慮に入れることから、新しい学問領域が導かれかもしれないと、筆者は個人的に考えている。

6 源氏物語における「生きる希望」と「出家への希求」

6 源氏物語における「生きる希望」と「出家への希求」

（1）

まず、源氏物語の特徴を考察する。

筆者は、『日本文学の統計データ分析』第5章において、俵万智・金原ひとみと、日本の古典文学・古典文化を代表する『源氏物語』の本文を比較した。すなわち、日本人の通時的構造の一端について考察を試みた。

ここでは、『源氏物語』の中でも特に、若紫（少女時代の紫の上）に関するエピソード（第五帖「若紫」）を中心に論述したい。若紫巻には藤壺との密通、およびその姪である少女時代の紫の上との出会いが描写されており、光源氏の人生において中核となる人間関係が始まる重要な巻である。

6 源氏物語における「生きる希望」と「出家への希求」

　ここからは、具体例を挙げて説明する。

（Ａ）　光源氏が18歳の春ころ、正妻で４歳年上の葵の上とは、関係が冷めていた。他方、継母の藤壺女御は彼にとって理想の女性であり、憧れ慕う思いはつのるばかりだった。昨年の秋に夕顔を亡くしてから彼は体調が優れず、北山で療養することとなった。そこで彼は、小柴垣の所で藤壺女御と極めてよく似た少女を発見した。若紫との「出会い」は、『源氏物語』の中でも極めて印象的な場面である。

「雀の子を犬君が逃がしつる、伏籠の中に籠めたりつるものを」と泣きながら走ってくる顔を赤くした10歳くらいのかわいらしい容貌の少女に、光源氏の目は釘付けになった。少女は、藤壺の姫だった。

　彼はその時、心に生じた空洞を埋めてくれる「かすかな希望」を見出したのではないかと、筆者は考えている。これは、金原ひとみ『蛇にピアス』とも共通する点であると思う。これが、

第一の論点である。

　このように、光源氏は青年時代にマラリア感染という人生の危機・生の限界状況を経験した。これが、彼の大きな転換点であったと筆者は考えている。

　この後、彼は北山の僧都から仏教の教えを聞き、仏道の生活が理想的な生き方にも思えた。しかしながら、垣間見た少女の姿がまぶたに浮かび、出家したいという思いは消えてしまう。

（Ｂ）療養の後、光源氏は都に戻り、藤壺女御が実家に帰っているという知らせを受ける。若紫と出会って藤壺に対する想いを掻きたてられた彼は、藤壺の侍女王命婦の手引きで、藤壺の部屋に潜入して強引に逢瀬を遂げる。彼の歌「見てもまたあふよまれなる夢の中にやがてまぎるるわが身ともがな」に対して、藤壺女御は「世がたりに人や伝へんたぐひなくうき身を醒めぬ夢になしても」と返している。

　その後、源氏は罪悪感・孤独を感じ、他方、

6 源氏物語における「生きる希望」と「出家への希求」

藤壺は源氏を憎みきれず懊悩する。これは、俵万智『チョコレート革命』にも通じる不倫の心理・葛藤であると、筆者は考えている。これが、第二の論点である。

夏になり、藤壺女御の懐妊がわかる。帝は喜び彼女を一層いたわるが、藤壺の心は沈んでいく。

（C）秋になって、北山で若紫を育てていた祖母である北山の尼君が亡くなる。身寄りのなくなった少女を、光源氏はすぐさま自邸二条院にひきとり、恋しい藤壺の身代わりとして、理想の女人に育てようと考える。

10歳で源氏に引き取られて、14歳で結婚した彼女は、紫の上と呼ばれ、源氏の正妻格となる。そんな彼女の成長を見守る日常的なエピソードの数々には、心温まるものがある。

例えば、「日ごろの御物語、御琴など教へ暮らして出でたもふを、例のと口惜しう思せど、今はいとようならはされて、わりなくは慕ひま

つはさず」。

　すなわち、源氏が二条院へいらした折には、一日中、最近あった出来事の御話をなさったり、御琴などを教えたりして、夜になり源氏の君が出発されるのを、紫の上は、またいつものとおりお出かけになってと、残念にお思いにはなるが、最近はよく慣らされて、むやみに源氏の君にまとわりついて後をおいかけるようなことはしない、と「花宴」において述べている。

　これは、俵万智『サラダ記念日』にも通じる味わい、すなわち、日常的な出来事に載せて愛情関係をさりげなく表現するテイストであると、筆者は考えている。これが、第三の論点である。

　以上、（A）〜（C）により、『源氏物語』には、これまで見てきた三つの作品すべてに共通する要素が、一つの作品に凝集されていると言える。

　日本文化の「通時的構造」を考察するには、

6 源氏物語における「生きる希望」と「出家への希求」

サンプルとして多くの作品を考慮に入れる必要がある。しかしながら、ここで検討した代表的な作品からもその一端、深層心理の一部が示唆されるかもしれない。

第2章の統計データ分析では、『源氏物語』は第三象限にあり、『サラダ記念日』と内容的に比較的よく似ている。ただし、原点に近く、バランスのとれた内容とも言えることが分かっている。

第5章の考察により、

（Ａ）『サラダ記念日』と『源氏物語』は、日常的なエピソードに載せて恋愛を語っている点で共通点を有している。

（Ｂ）また『源氏物語』は、三つの作品すべてに共通する要素が、一つの作品に凝集されている。この点において、バランスのとれた作品とも言える。

以上のことが、明らかになった。

特に興味深いことは、源氏物語において、「生きる希望」の対極が「出家への希求」であることである。

この図式は、源氏物語における他の登場人物に関しても、繰り返し現れてくるものである。

（２）
次に、鴨長明『発心集』に関して検討する。

筆者は『評論集：宮沢賢治と遠藤周作』の附録において、鴨長明『発心集』の「厭世的な傾向」を詳しく論述した。
すなわち、鴨長明『発心集』には、厭世的な日本人の傾向性が顕著に表れている。カトリックの聖人であるロヨラ、および、原始キリスト教会のパウロなどにみられる、神秘体験の後に勢力的な伝道活動を行っていく西洋人の心性とは、およそ対極的な日本人の傾向性といえる。
「厭世的な傾向」は、鎌倉時代から日本人に見

6 源氏物語における「生きる希望」と「出家への希求」

られる傾向性でもある。

　また、江戸時代に成立した芭蕉の『猿蓑』という俳諧七部集の一部にも、厭世的な生き方がファッショナブルであるとする傾向性が記されている。

　この点に関しては、筆者による芭蕉連句の全訳における解説を参照してほしいと思う。

（3）

　最後に、川端康成について考えてみたい。

　川端康成の最期は、ガスを吸い込むことにより自殺死を遂げている。一般的には、ノーベル文学賞を受賞した後のプレッシャーに耐えられなかったせいであるとも言われている。

　しかしながら、彼には若いころから厭世的な傾向があったのではないかと、筆者は以前から考えている。

この点に関しては、また、別の論考で詳述したい。

（4）
以上、日本文学における「厭世観」を、概観した。

このような厭世的な傾向は、自分自身にも根強くみられるものである。

源氏物語において、「生きる希望」の対極が「出家への希求」であることは、日本人の持つ心的傾向を象徴的に、また端的に表していると言えるだろう。

7 日本で世界的に認められることをするには……

7 日本で世界的に認められることをするには……

（1）
　結論を、先に述べる。

　日本で世界的に認められることをするには、
「人のやらないことを、低予算でする」
　──これに、つきると思う。

　身近な例をあげれば、「テレビ東京」の番組
製作が、大変参考になる。

（2）
　ここからは、日本を代表する世界的なアー
ティスト、「Perfume」の成功例について詳述
したい。

　Perfumeは昔から日本のテレビ番組に出演
しているため、彼女たちの達成した世界的な業

績・その圧倒的な偉大さを、灯台下暗しと言うべきか、よく知らない日本人も少なからずいる。

　Perfume は、日本の音楽ユニット。

　中田ヤスタカが楽曲プロデュースする広島県出身の３人組テクノポップユニットである。1999 年に結成されたが、女性アイドルグループとしては相当長い下積み期間をへて、2007 年から 2008 年にかけて、ブレイクした。

　——そのように、一般的に言われている。

　現在のメンバーは、かしゆか、あ〜ちゃん、のっちと愛称で呼ばれている三人であり、旧メンバーとしては、かわゆかが Perfume に所属していた。

　以下、Wikipedia から、Perfume の活動のごく一部を引用する。

　2012 年 10 月 26 日 —11 月 24 日、初の海外単独ツアーとなるアジアツアー『Perfume

WORLD TOUR 1st』を、台湾を皮切りに、香港、韓国、シンガポールの計4都市で開催した。

　2013年6月19日、メジャーデビュー以降の楽曲が全世界116カ国の iTunes Store で順次配信される。

　6月20日、フランスのカンヌで6月16日から22日まで開催された世界最大の広告祭「カンヌライオンズ国際クリエイティビティ・フェスティバル」に日本人アーティストとしては初めてゲストとして招待される。プレゼンテーションのステージに立ち、日本の最新のテクノロジーとともに、圧倒的なダンスパフォーマンスを披露した。

　7月3日─7日、『Perfume WORLD TOUR 1st』に続く海外ツアー『Perfume WORLD TOUR 2nd』を、ドイツ、イギリス、フランスの3都市で開催した。

　2014年10月31日─11月15日、『Perfume

7 日本で世界的に認められることをするには……

WORLD TOUR 2nd』に続く海外ツアー（こちらはアジア、ヨーロッパとアメリカ）ツアー、『Perfume WORLD TOUR 3rd』を台湾、シンガポール、ロサンゼルス、ロンドン、ニューヨークの５都市で開催。アメリカでワンマンライブを行うのはこれが、初となる。なお会場は、各都市とも、前回までのツアーと比べて、さらにキャパの大きなホールとなる。

　2016年8月26日─9月4日、北米ツアーを4都市5公演、開催した。
　2019年2月23日─4月19日、アジア＆北米ツアー「Perfume WORLD TOUR 4th『FUTURE POP』」を開催した。
　4月14日、21日、アメリカ・カリフォルニア州インディオで行われたアメリカ最大の野外音楽フェス「Coachella Valley Music and Arts Festival」に日本人女性アーティストてして初出演した。

その後は、新型コロナ感染症の影響があり、イベントのキャンセルなどもあった。

　2023年6月3日、イギリス・ロンドンで単独公演「Perfume LIVE 2023 "CODE OF PERFUME"」を行うことが決定した。
　2024年6月8日―7月13日、アジアツアー「Perfume "CODE OF PERFUME" Asia Tour 2024」を開催することが発表された。香港、台北、バンコク、上海の4都市で行う。7月13日にタイで行われる公演の模様は、全国の劇場で生中継される。
　9月21日、3D空間伝送・再現技術を駆使した生配信ライブ「Perfume 25th & 20th Anniversary Live Performance "IMA IMA IMA" Powered by NTT」の実施が決定された。
　12月28日―2025年4月20日、全国11カ所、23公演のアリーナツアーが開催決定した。

　以上、Wikipediaから、Perfumeの活躍のご

7 日本で世界的に認められることをするには……

く一部を引用した。

（3）

　私見では、Perfume が世界的に認められた背景には、五つの要因があると思う。

（A）Perfume は、アクターズスクール広島出身であり、歌とダンスの基本がしっかりしている。

（B）小学生の頃に Perfume を結成しており、当初はご当地アイドルであったが、中学生の頃からテクノポップに特化している。

（C）プロジェクションマッピングに代表されるような、最先端の科学技術とコラボレーションをしており、常に新しい要素を提供し続けている。

（D）Perfume の三人は、親しみやすい人柄であり、結成 25 周年になるが、今までスキャンダルも全くない。

（E）プロデューサー・スタッフが、若手の優秀な人材である。

　以上、5つの要因を、Perfume が世界的に認められた背景として列挙した

　韓国のＫ－ＰＯＰとも、また、全く違う。「小学生の頃からやっていて、こんな風になるとは、思っていなかった」と、Perfume 自身もインタビューの中で述べている。

　YouTube の動画再生回数も、8004 万回、4564 万回、2038 万回など、軒並み 1000 万回を越えている。
　個人的な見解を言えば、『TOKYO GIRL』

7 日本で世界的に認められることをするには……

（2017）、『FLASH』（2016）、『ねぇ』（2010）が
特に好きで、パソコンやスマホにより、何回も
動画を視聴している。

　以上をまとめると、「Perfume」という「プ
ロジェクト」の「初期段階」は、人のやらない
ことを低予算でやった「典型例」である。その
ように、筆者は考えている。
　先にも述べたように、YouTube の再生回数
も現在、驚異的な数字を示している。

　なお、最近の例をあげると、エレクトーン奏
者の「826 aska」さんも国際的に有名である。
　彼女が中学２年生の時に、お父さんが
YouTube に投稿した STAR WARS メドレー
は、世界中の人々をびっくりさせた。
　英国・カナダ・フランス・スイスなどでは、「謎
の天才少女」として話題になった。
　それがキッカケとなり、ＣＤ発売・コンサー
ト・テレビ出演などで彼女は現在、活躍するよ

うになっている。

エレクトーン奏者「826 aska」さんの YouTube 動画は、のべ2億5000万回再生されており、100万回以上再生された動画は、50本を越えている。
彼女のサクセスストーリーも、人のやらないことを低予算でやった「典型例」である。

（4）
たまたま、筆者は「みずがめ座生まれ」であり、個性的なことをするという傾向があるらしい。
自分のやった研究に関しても、ここで記しておきたい。

医師としても、コンタクトレンズ専門病院の院長を20年以上している。
コンタクトレンズ専門病院ということを自称している病院は、全国的にも珍しいそうである。
そして、病院における診療をまとめた、『コ

ンタクトレンズ診療の実際』という著書を日本
で出版したところ、世界13ヶ国で、その英訳
本が販売されることとなった。

　また、日本文学の研究に関しても、芭蕉の連
句・日本文学の統計データ分析を専門的に行っ
ている。芭蕉の連句を研究している研究者は、
世界で2～3人しかいない。
　文学の統計データ分析も研究者は少なく、特
に、数量化理論という研究方法を使用したのは、
おそらく、筆者のみであると思われる。

（5）
　自分は大学等に所属する教員ではないため、
自ずと研究も低予算でせざるを得なかった。

　研究は、自宅にある14年前の古いパソコン
を使った。
　ソフトは、4000円くらいの本に附録として
付いていたアドインソフトを使用した。

参考文献は、ほとんどアマゾンで購入した。海外の古書店からも、アマゾン経由で、古書を購入できる。本代は、平均すると月に数万円程度である。

　流通していない本に関しては、浜松市立図書館に依頼した。

　全国の図書館から、文献を取り寄せてもらうことができる。

　筆者の場合、フランス語やドイツ語の珍しい参考文献は、浜松市立図書館経由で、読むことができた。

　雑誌論文も、オンラインで閲覧したり、浜松市立図書館経由でコピーを手に入れた。

「東大の図書館に行かなければ、研究が出来ない」と考えている人もいる。

　実際、先日筆者は、そのように書かれている手紙をうけとった。

　しかしながら、今日では、地方都市に住んでいても、人文科学の研究は十分に可能である。

7 日本で世界的に認められることをするには……

（6）
　研究等に関する結論をまとめると、以下のとおりである。
　日本で世界的に認められることをするには、「人のやらないことを、低予算でする」
　——これに、つきると思う。

8　欧米人に劣等コンプレックスを抱いている日本人の気質

8 欧米人に劣等コンプレックスを抱いて
いる日本人の気質

　夏目漱石は、少年期のある時期から漢籍をすべて捨てて、涙ぐましいほどの努力をして、英語・英文学を習得しようとした。

　その背景には、明治という時代の雰囲気があった。文明開化・殖産興業という旗印のもと、欧米文化を学び追いつくことに、国を挙げてとりくんでいた。

　そこには、欧米に対する劣等感が多大に影響している。

　日本人は一般に、現在でも、欧米文化に対して劣等感を抱いている。これは、明治時代からの伝統であるかもしれない。

　例えば、日本には、「和算」という数学の伝統があり、

１）関考和の弟子である建部賢弘（1664 −

8 欧米人に劣等コンプレックスを抱いている日本人の気質

1739）は、円周率を 41 桁まで、正しい値を計算している。これは世界的に見ても、数値的加速法の最初期の例だった。ルイス・フライ・リチャードソンが同じ方法を、リチャードソンの補外として提出するのは、1910 年頃であるという。

2）また、独学の天才・久留島義太（1690 ？ – 1758）は、関考和・建部賢弘とともに、三大和算家と呼ばれている。彼はレオンハルト・オイラーより早く、オイラーの φ 関数に言及したと言われる。また、ラプラスより早く、余因子展開（ラプラス展開）を発見していたとも言われている。

3）さらに、和田寧（1787 – 1840）は積分法を創出して、積分の公式集を作成した。微分法による導関数の導出も行っている。新奇な問題として、円や角などの図形が、他の図形の上でころがったときの軌跡についても研究した。

71

4）その他、和算では五体問題・天文・地理
なども研究していた。特に、幾何学の分野で、
和算は優れた業績を数多く達成していたと言わ
れている。

しかしながら、このような事実は、日本の学
校では教えない。

明治時代から、文明開花・殖産興業といった
掛け声により、欧米文化に学び追いつく努力を
行なってきたという日本の近代史を教えられて
いる。

そのため、現在でも、欧米人に劣等コンプレッ
クスを持っている日本人が、非常に多いと思わ
れる。

9 数学者・岡潔博士の思い出

9 数学者・岡潔博士の思い出

かつて、国際的に有名な数学者の岡潔博士（1901 - 1978）は、エッセィの中で「自分にとって理想の女性はそれからの三千代である」と述べていたことがある。

すなわち、夏目漱石の小説『それから』の主人公である「三千代」という女性が、彼にとって、理想の女性像であったという意味である。

ちなみに、岡潔博士は「多変数複素解析」という数学の分野で、優れた業績を独力で成し遂げた、現代日本を代表する数学者の一人である。

文化勲章も受章している。

筆者は千葉県流山市の図書館で、たまたま彼の論文集を見つけたことがある。

フランス語で書かれた彼の原著論文は、どれも数ページ程度だが、独特のスタイルで書かれており、その英訳を読んでも全くチンプンカン

プンだった。

　彼の独力で成し遂げた数学の業績はあまりにも圧倒的であったため、フランスにおいては、"Kiyoshi Oka" という著者は個人ではなく、「ブルバキ」のような天才数学者集団のペンネームであると誤解されていたという逸話もある。

　数学者・岡潔博士の著作には、小林秀雄との有名な対談がある。
『人間の建設』というタイトルで新潮文庫から発刊されており、現在でも入手しやすい。
　岡潔博士の人柄も、また、偉大な作家である小林秀雄の生前の人となりも、どちらも垣間見ることができる、大変興味深い対談の記録である。

　なお、岡潔博士はエッセィにおいて、芭蕉の「俳諧七部集」を非常に高く評価して、絶賛していた。

当時、芭蕉の連句は、俳句に比べてあまり高く評価されておらず、その研究者も少なかった。

　筆者は、高校生の頃に、岡潔博士のエッセィを読んだ。
それがきっかけとなり、芭蕉の連句を読み続け、後年、研究するようになったという個人的な経緯もある。

　岡潔博士のエッセィがなければ、筆者による一連の芭蕉研究も存在しなかったと言える。

❖ 著者プロフィール ❖

伊藤　和光（イトウ カズミツ）

1986 年　同志社大学神学部卒業（卒業研究：新約聖書学）

1995 年　東京大学医学部医学科卒業

2022 年　放送大学大学院修士課程修了（日本文学専攻）

現職：高見丘眼科　院長

著書に、『日本文学の統計データ分析』『芭蕉連句の英訳と統計学的研究』『芭蕉連句の全訳：16 巻 576 句の英訳および解説と注釈』『コンタクトレンズ診療の実際』（以上は東京図書出版から発刊）『評論集：宮沢賢治と遠藤周作』（牧歌舎）『こころに残る日本の詩 15 篇』（牧歌舎）など。

エッセイ集：日本文学が教えてくれたこと

2024 年 12 月 25 日　初版第 1 刷発行

著　者　　伊藤 和光
発行所　　株式会社牧歌舎
　　　　　〒 664-0858　兵庫県伊丹市西台 1-6-13 伊丹コアビル 3F
　　　　　TEL.072-785-7240　FAX.072-785-7340
　　　　　http://bokkasha.com　代表者：竹林哲己
発売元　　株式会社星雲社（共同出版社・流通責任出版社）
　　　　　〒 112-0005　東京都文京区水道 1-3-30
　　　　　TEL.03-3868-3275　FAX.03-3868-6588
印刷製本　冊子印刷社（有限会社アイシー製本印刷）
Ⓒ Kazumitsu Ito 2024 Printed in Japan
ISBN978-4-434-35123-5　C0095

落丁・乱丁本は、当社宛にお送りください。お取り替えいたします。